AF283014

El tesoro
del duende irlandés
y otros cuentos

Miguel Carmona

El tesoro del duende irlandés y otros cuentos

Primera edición: 2024

ISBN: 9788410266377
ISBN eBook: 9788410266803

© del texto:
   Miguel Carmona

© del diseño de esta edición:
   Caligrama, 2024
   www.caligramaeditorial.com
   info@caligramaeditorial.com

© de la tipografía de portada:
   Christopher Hansen
   www.1001fonts.com/users/chrisx

Impreso en España – Printed in Spain

Dedicado: Cristián Parra

Índice

Prólogo

La imaginación es uno de los factores más importantes en el desarrollo de los jóvenes. Los cuentos ayudan a desplegar esta imaginación y a fomentar el desarrollo de distintas capacidades para visualizar personajes, lugares y circunstancias a partir de los relatos que escucha diariamente. Durante miles de años, la humanidad se ha reunido a escuchar e imaginar, historias alrededor de fogatas en todo el mundo. Los efectos benéficos de la lectura son claramente el mejor tesoro que podemos encontrar para poder desarrollar el lenguaje de forma excepcional. Por eso, nunca dejes de leer.

EL TESORO
DEL DUENDE IRLANDÉS

Estaba lista la cena en el Palacio de Buckingham, los invitados iban llegando de a poco, uno por uno, a sentarse a la mesa. Había tenedores, cuchillos y cucharas de plata, copas de cristal con el mejor vino de Inglaterra, copones con agua y un recipiente gigante con un ponche rosado. Servilletas blancas de género suave para limpiarse la boca y un bufé internacional con mucha comida; había cerdo agridulce, papas con mayonesa, todo tipo de carnes, consomé de pollo, ensaladas varias, quesos, pescados, frutas, panes de diferentes estilos, muchos postres, frutos secos, jugos, y un bar con un barman atendiendo al público, sirviendo whisky, gin, vodka, cerveza, etcétera. Era el cumpleaños de la Reina. Una orquesta tocaba música clásica alegre, era el año 1820, todos disfrutaban de la gran velada. Llegaban los carruajes impulsados por caballos, se bajaba gente muy elegante, todos con sus trajes y vestidos de alta costura, era la nobleza británica que venía a saludar a la reina para su cumpleaños. Le traían regalos hermosos de todas las partes del mundo. Los guardias atendían a los comensales amablemente.

—Bienvenidos, por favor pasen.

—La reina les estará esperando.

—Muchas gracias por venir, adelante.

El palacio era inmenso, tenía un campo de pasto verde con un camino de tierra para que entraran los carruajes con sus caballos. Había rosas rojas, blancas, amarillas y moradas. La reja de entrada era muy alta y larga, de color negra, tenía un escudo de un león dorado con un unicornio en el centro. Los guardias no dejaban pasar a cualquiera, toda la gente que llegaba debía tener una carta de invitación. La reina cumplía setenta años de edad. En la cocina preparaban una torta de crema, manjar, frambuesa, nueces y naranjas de gran tamaño, con muchas velas encendidas y, por supuesto, una letra de chocolate que decía: «*Happy birthday, Queen Isabel. May you fulfill many more*».

Empezaron a sonar los clarines, era la hora que bajara la reina a saludar a sus invitados. Todo el mundo estaba contento y feliz, esperando que apareciera la reina para desearle y cantarle un feliz cumpleaños. Alicia, que era su única hija, la heredera del trono, no le interesaba la corona, decía que era muy aburrido; ella quería ser libre y conocer el pueblo a cabalidad. Se escapaba a escondidas y recorría Londres como una persona común y corriente. Su madre la había criado para que fuera la mejor, tenía una educación extraordinaria, hablaba muchos idiomas y se manejaba perfecto en el ajedrez; además, tenía lecciones de piano. Sabía cabalgar a caballo y se manejaba perfecto disparando con la escopeta.

La reina estaba lista para la fiesta, venía bajando las escaleras de mármol, se produjo un silencio absoluto. El presentador de la velada dijo en voz alta:

—Dadle la bienvenida a la Reina Isabel de Inglaterra. La mejor reina del mundo. —Los aplausos eran enormes. La festejaban y al mismo tiempo no la querían mucho: era muy pesada y, a veces, hasta malvada. Se la conocía por tener un carácter fuerte y una personalidad explosiva. Su vestido era de color rosado y pomposo, tenía un sombrero elegante, especial para la ocasión.

—Hola, gracias por venir —decía la reina, y saludaba con una sola mano—. Estoy muy orgullosa de que estén aquí el día de hoy. —Los invitados aplaudían animosamente y la felicitaban.

Lo que no sabía la reina era que, entre los invitados, había un ladrón desconocido que estaba disfrazado y que había ingresado con una invitación falsa. Él quería quedarse con el tesoro más apreciado de la reina, un cofre de madera repleto de joyas preciosas. Tenía un plan secreto para quedarse con el botín. Entraría a medianoche a la habitación de la reina y saldría por la ventana con una cuerda, luego guardaría el cofre en el carruaje, debajo de una manta para taparlo, y saldría por la puerta principal mientras le cantaban el cumpleaños a la reina. El ladrón escapó finalmente con el cofre y desapareció del lugar sin dejar rastro alguno.

Ya era tarde y la fiesta había terminado, la reina se fue a dormir a su cama, se puso su pijama de seda y se quedó dormida. Al otro día, en la mañana, se levantó y miró por la ventana, era un gran día. Fue al baño y se dio un baño de tina caliente y espumante con unos jabones con aroma a pétalos de rosas. Luego se vistió y al llegar al espejo para ponerse su collar de esmeraldas, se dio cuenta de que no estaba su gran tesoro. Le dio un ataque, comenzó a gritar y gritar, los guardias llegaron inmediatamente a ver qué sucedía.

—¿Dónde están mis joyas? —gritaba la reina enfadada—. ¡Me han robado!

—No puede ser su alteza. ¿Cómo es posible? —La seguridad del castillo era estricta, nadie sabía qué había pasado realmente. El cofre estaba lleno de diamantes, esmeraldas, rubíes, zafiros y collares de perla. Pobre reina, le habían entrado a robar.

El jefe de los guardias dijo:

—Quiero una investigación profunda de lo sucedido, llamaremos a la policía para informarle, y que vengan lo antes posible. No se preocupe su majestad, encontraremos al responsable.

La reina, desanimada, pensaba solamente en sus joyas, era su mejor colección de piedras preciosas. Nunca le habían robado.

A mediodía la policía estaba en la puerta del palacio esperando para poder entrar. Le reina los fue a recibir y les dijo que tenían la obligación de encontrarlas, sus joyas eran el tesoro más preciado que ella poseía. La policía le dijo que harían todo lo posible, y se marcharon preguntándose cómo resolver este caso tan enigmático. El día estaba hermoso, el cielo azulado, y corría un diminuto viento que dejaba la sensación de un cuento de hadas.

Los guardias de la reina salieron por todo Londres preguntando, investigando, si alguien sabía de algo. Ofrecieron una recompensa por información, pero nadie sabía nada. El tesoro ya debería estar lejos de la ciudad.

Pasaron días, semanas, meses, y la reina cada vez estaba peor de ánimo, lloraba todos los días, se miraba al espejo y no lo podía creer. Qué maldición que entren a robarte, siempre la seguridad es lo primero. La llamaron a sentarse a la mesa real, estaba listo el almuerzo, jabalí con naranjas y puré de zapallo. Cuando tocaron la puerta repentinamente, era la policía que venía con buenas noticias.

—Hemos capturado al ladrón —dijo un policía—. Lo tenemos en la comisaría, lo están interrogando, pronto sabremos dónde dejó oculto el tesoro.

—Muchas gracias, señor oficial, ya me estaba desesperando. Quiero mis joyas de vuelta y que decapiten a ese ladrón andrajoso. Órdenes de la reina Isabel. Y que me traigan la cabeza en una canasta.

—¿Cuál es tu nombre? —le preguntaron al hombre misterioso, sentado en una silla. Le preguntaron de nuevo, pero el hombre no respondía.

Después de un rato, llegó el abogado de la reina, le dijo que si no abría la boca, lo iban a torturar. El hombre joven no tuvo más remedio que contestar:

—Me llamo Miguel Río, soy irlandés, trabajo en una tienda de perfumes atendiendo a la clientela, yo no he robado nada. Esto es injusto, soltadme, tengo mis derechos, no he hecho nada malo.

El abogado inglés lo miraba fijamente.

—¿Dónde estuviste el día del cumpleaños de la Reina Isabel? La policía encontró en tu chaqueta un collar de diamantes, ¿de dónde lo sacaste? Confiesa, malandrín, antes de que sea demasiado tarde.

Miguel no recordaba bien, le habían pegado en la cabeza con un palo y le habían metido las joyas en el bolsillo de la chaqueta para inculparlo. La policía lo interrogaba, pero él no entendía qué estaba pasando. Le dijeron que estaría preso y luego lo decapitarían, esas eran las órdenes de la reina. Lo trasladaron a un calabozo y lo dejaron ahí. Miguel, medio inconsciente, se desmayó y se quedó dormido hasta el otro día. Una semana después lo llevaron a juicio y salió dictaminado culpable. Miguel lloraba en el calabozo, no sabía qué hacer, no recordaba bien quién le hizo esta trampa mortal. Él trabajaba como vendedor, era buena persona y hacía deporte para estar en forma. No quería morirse, era inocente. Había llegado de

Irlanda a Londres por trabajo, buscando una mejor vida. Qué mala suerte para él, la reina no lo iba a perdonar, la única solución sería que apareciera el tesoro de nuevo. Miguel le rezaba a Dios, le pedía fuerza y justicia para enfrentar todo este problema extrañísimo. Era evangélico de religión, iba casi todos los domingos a misa a la iglesia para hablar con Jehová, el padre celestial.

«Padre mío, si estás en el cielo escuchándome, necesito tu ayuda, estoy preso en la cárcel y me quieren cortar la cabeza. Necesito tu ayuda padre», Miguel oraba en silencio. Hasta que llegó el día de la pena de muerte, lo esposaron y llevaron a la zona de castigo. El verdugo de la guillotina lo estaba esperando con una máscara negra que le cubría el rostro. Miguel entró en pánico, pensaba que estaba todo perdido, sin embargo, no perdía la esperanza. En el suelo había botado un pedazo de alambre pequeño, lo recogió disimuladamente sin que lo vieran y se lo metió al bolsillo. Mientras le contaban sus derechos en voz alta, Miguel se hizo una llave y pudo abrir los grilletes. Se abalanzó contra el primer guardia y le enterró un cuchillo en la pierna que le quitó de su poder, al segundo guardia le pegó una patada y lo empujó lejos, Miguel tenía pocos segundos antes de que llegaran los demás guardias a capturarlo. Corriendo a toda velocidad se subió a un caballo y huyó del castillo velozmente. La guardia británica se subió a sus caballos y comenzó a perseguirlo.

Miguel galopaba fuertemente por las calles de Londres hasta llegar al campo, lo venían siguiendo de cerca; si lo atrapaban, lo iban a matar. El corazón le latía como una locomotora. Pensando en su escapatoria se adentró por el bosque y eludió al enemigo por unos momentos. Los árboles verdes observaban cómo el joven caminaba cuidadosamente; al parecer, estaba a salvo. Siguió arriba de su caballo por la orilla de un río hasta llegar a una casa de madera. Al ver que no había nadie en su interior, entró y se quedó descansando, al rato se quedó dormido hasta el día siguiente.

Se despertó en la mañana, era un nuevo día, Miguel estaba planeando cómo escaparse de la guardia que lo buscaba incesablemente. Tendría que huir como un fantasma e irse de Inglaterra para siempre. De repente tocaron la puerta. Toc toc toc. El joven, asustado, se quedó en silencio. Toc toc toc. Tocaron otra vez. Entonces, una mujer entró a la casa por la ventana de sorpresa y le dijo:

—Hey, ¿quién eres?

—Miguel Río —contestó el hombre—. ¿Y tú cómo te llamas?

—Soy Alicia, la hija de la Reina Isabel.

—No puede ser. Por favor, no le digas a nadie donde estoy.

—¿Por qué? ¿Cuál es tu problema? ¿Te puedo ayudar en algo?

—Me vienen persiguiendo, necesito esconderme por unos días. La reina piensa que yo le robé sus joyas, pero es mentira.

—La reina es mi madre, no debe de estar muy contenta.

Pasaron dos minutos y llegaron a tocar la puerta de madera, eran los guardias de la reina. Toc toc toc. Alicia abrió la puerta y dijo:

—¿Qué sucede, qué necesitan?

—Estamos buscando un ladrón.

—¿Un ladrón? —exclamó Alicia—. Aquí no hay ladrones, estoy solamente yo.

—Si sabe de algo o ve algo extraño, no dude en avisarnos.

Y los guardias se fueron. Miguel le dio las gracias y le contó la historia. La joven Alicia no lo podía creer.

—Pucha, ¡qué mala suerte tienes! —le dijo—. Ojalá puedas solucionar este conflicto con mi madre. La única solución sería encontrar al verdadero culpable, pero como no hay pistas y ninguna evidencia que muestre la ubicación del tesoro. El ladrón vive, seguro, dondequiera que se esconda.

Miguel y Alicia se hicieron amigos, conversaban de la vida y sus grandes problemillas, Alicia le decía que ella era infeliz, que quería independizarse del reinado, no le gustaba ser princesa, se aburría mucho, quería conocer el mundo y las grandes ciudades, como persona normal, y que la reina la dejara tranquila. Se escapaba disfrazada y salía a pasear por Londres, le encantaba pasar por el centro y ver a la gente darle miguitas de pan a las palomas en las plazas, la gente leyendo el periódico y el olor a pollo frito. Escuchar el sonido de los carruajes y el golpeteo de las patas de los caballos en los adoquines.

Ya había pasado más de un mes desde que el joven pudo escapar, pero no podía volver porque todavía lo estaban buscando. Miguel se preguntaba: «¿Quién habrá robado el tesoro? Si tan solo pudiera recuperarlo, se lo devolvería a la reina y me perdonaría la existencia».

Ya era por la tarde, Alicia había traído comida para Miguel, para que comieran en la mesa, tan solo con la luz de un par de velas. Alicia sirvió vino tinto en dos tachos y empezaron a tomar. Al cabo de un rato, estaban borrachos, las paredes se le movían a los dos. El vino estaba muy bueno. Encendieron una chimenea para capear el frío de la noche, pronto se quedaron dormidos. Miguel soñaba que estaba corriendo por un campo y que lo perseguía un lobo plomo, no podía correr más rápido y el lobo empezaba a morderle las piernas, el joven no aguantó más y despertó del susto. Era una pesadilla de su inconsciente. Alicia ya no estaba a su lado. Se fue sin decir nada.

Miguel salió al exterior, y se dio cuenta de que estaba nublado, muy pronto comenzaría a llover. Empezaron a caer gotas y se largó la lluvia, el joven entró a la casa de madera pequeña nuevamente y se quedó adentro hasta que pasara la tormenta. Alicia llegó de sorpresa otra vez.

—Miguel, Miguel, se me ocurrió una idea magní-fica. Vamos donde la bruja de ojos azules, que vive al otro lado del bosque, ella es vidente y te puede decir quién se robó el tesorillo. Es una bruja muy sabia y muy peligrosa. Los rumores dicen que hace brujería con una bola de cristal.

Miguel, asombrado, no le quedó otra opción de aceptar la propuesta y partieron al día siguiente a visitarla. Se subieron al caballo y cabalgaron tran-quilamente por el bosque encantado.

Al llegar a la casa de la bruja, se dieron cuenta de que estaba construida de piedra sólida y en el techo tenía musgo de color verde. La bruja abrió la puerta y les dijo:

—Los estaba esperando.

Los jóvenes se sorprendieron y entraron a la casa. La bruja les sirvió un poco de té negro con azúcar y les preguntó que para qué venían a verla. Miguel le contó su historia y le dijo que no sabía quién era el ladrón de la joyas. La bruja encendió unas velas y le tomó las manos a Miguel; de pronto, un viento helado se tornó en la habitación, la bola de cristal se puso de color azul y violeta. Las imágenes que salían del interior no decían otra cosa que la verdad, la bruja entendió quiénes habían sido: eran los piratas del Caribe. El tesoro había sido llevado al conti-nente americano, estaba escondido en una isla de

Colombia. El joven escuchaba atento las palabras de la bruja, que nunca mentía.

—Tienen que cruzar el océano y traer el tesoro de vuelta.

Era la única manera de que la reina le perdonase la vida. Miguel y Alicia le dieron las gracias a la bruja y se fueron de regreso a la casa. Miguel le explicó a Alicia que era muy difícil llegar a Colombia y que él no tenía el dinero suficiente, pero su nueva amiga le tenía un regalo.

—Toma estas monedas de oro y cómprate un pasaje para América, anda al puerto y busca un compañero de viaje que te acompañe y juntos traigan el cofre de vuelta.

Miguel le dio las gracias y partieron al puerto de Londres. Se fijaron que no hubiera policía cerca y compraron el pasaje.

Thomas Pelz, un joven alemán, rondaba los restobares del puerto, no tenía dinero para comprar alimento, robaba de vez en cuando para poder comer. A veces trabajaba descargando los barcos que llegaban del extranjero, era alcohólico y fumaba su pipa con tabaco. Thomas no tenía buena educación, pero era muy fuerte. El joven alemán se había robado una caja con mercadería de una embarcación, pero la policía lo atrapó y Thomas tuvo que salir corriendo rápidamente. Lo venían persiguiendo y se metió dentro de un basurero, y los detectives pasaron de largo.

Pobre Thomas, no tenía dinero para comer, tenía hambre y parece que se iba a poner a llover; estaba en un callejón escondido.

Miguel y Alicia, que venían caminando, doblaron por la callejuela donde estaba Thomas y se encontraron cara a cara.

—¿Qué?, ¿nunca habían visto un vagabundo? —dijo Thomas, y Miguel le dio un pedazo de pan que tenía guardado en un paño blanco.

—Muchas gracias. ¿Cómo te llamas?

—Soy Miguel Río, el irlandés. ¿Y tú quién eres?

El joven de Alemania se presentó:

—Soy Thomas Pelz, del pueblo bajo, vivo en Londres desde hace mucho tiempo, llegué desde mi tierra a probar suerte. Y aquí estoy.

Miguel le contó su historia y que necesitaba viajar a América Latina a recuperar el tesoro perdido de la Reina Isabel. Tom, como le decían, aceptó acompañarlo en esta travesía suicida a cambio de unas monedas de oro. Fueron a la boletería y compraron un pasajes más, luego fueron a un restaurante a preparar el viaje más largo del planeta.

Prepararon un bolso con ropa, latas de pescado, queso, pan, un cuchillo y un mapa, y se embarcaron al atardecer. Llegarían en un mes, en un barco a vapor. Se despidieron de Alicia con un abrazo apretado y un beso en la mejilla.

—Si todo sale bien, volveremos con el tesoro —dijo Miguel Río.

El barco era enorme. Sonaron la bocinas, era hora de zapar. Iban a cruzar el océano Atlántico para llegar a Colombia, la odisea acababa de comenzar. Miguel le rezaba a Jehová para que lo guiara en su camino. Thomas lanzaba una moneda al aire jugando al cara o cruz. No sabían si podrían lograrlo, no obstante, nunca perdieron la fe.

Era de tarde, el sol ya se ocultaba en el fondo del mar, produciendo un ocaso de color rojo intenso y el cielo se atiborraba de arreboles, la gaviotas empezaban a desaparecer. Había caído la noche y los muchachos abrieron una botella de vino tinto. Se contaban la vida como si se conocieran desde siempre. Una gran amistad se había formado.

Miguel contaba que había nacido en Dublín, en una familia modesta, pero muy educada. Trabajaba en una perfumería en Londres, había llegado como turista, pero tuvo la suerte de encontrar curro vendiendo perfumes de alta calidad.

Thomas le contó que él trabajaba como marinero, había nacido en Berlín, a una corta edad se fue de su casa. Su madre había muerto de una enfermedad, quedando huérfano. Conocía muchas partes de Europa, pero había llegado a Inglaterra hace algunos años. No lo querían contratar porque tomaba mucho. Era adicto a la bebida, tomaba casi todos los días.

Pasaron varios días y solamente se veía mar por todos lados. Miguel estaba mareado, le dieron ganas de vomitar hasta que se acostumbró paulatinamente al vaivén de la embarcación. Thomas, que miraba por la borda el horizonte, pensaba en voz alta.

—Algún día llegaremos. Tengo la sensación de que será una gran aventura.

Más tarde el cielo comenzó a oscurecer, una tormenta demoniaca se acercaba, caían gotas del cielo; de pronto, se aglutinaron las nubes en el cielo, relámpagos y truenos azotaban el mar, las olas comenzaban a crecer, el capitán ordenó a todo el mundo que se resguardara adentro para mayor seguridad. Las olas estaban inmensas y el gran barco se movía de un lado a otro. Miguel pensaba que se iba a morir, pero Thomas lo calmaba, le decía que era una tormenta cualquiera, que se disiparía y estarían bien otra vez. El joven irlandés añoraba estar en tierra firme, no le gustaba el mar. Pensaba que se hundían en cualquier momento. Otra vez comenzó a rezarle a Dios en voz baja. «Por favor, padre nuestro, protégenos de todo mal».

La tormenta se estaba disipando y el mar regresaba a la normalidad, un arcoíris cruzaba el firmamento, el sol amarillo brillaba en el cielo. Era hora de comer, tenían unas latas de sardinas y un poco de queso, se hicieron unos sándwiches para llenar el estómago y tomaron vino para refrescarse.

Miguel tenía un diario donde iba escribiendo su bitácora, le escribía a su familia en Irlanda; les decía que si sobrevivía, volvería a visitarlos y les llevaría muchos regalos, que los extrañaba mucho. Dormían en una pequeña litera y tenían un reloj en la pared. El joven no paraba de contar los días recién iban en la mitad del camino.

Llevaban veinte días navegando en el mar sin detenerse, el barco era impulsado por un motor a vapor, llegarían en diez días más. Se bajarían en el puerto de Barranquilla y ahí arrendarían un bote para cruzar a la isla de los piratas. Era muy peligrosa la misión, pero no les quedaba más remedio que enfrentar el peligro como un pirata más.

El barco venía llegando al muelle, hacía mucho calor y corría un viento sereno. La arena de la playa era blanca y el mar cristalino. Los arrecifes estaban llenos de peces de colores, los cangrejos se movían libres por la arena. Miguel y Thomas seguían las instrucciones de la bruja al pie de la letra. La bruja les dijo que estaban en la isla más cercana, la que tenía la forma de un papagayo en el mapa. Los muchachos siguieron caminando y fueron a almorzar a un restaurante, pidieron pescado con arroz, porotos negros y un poco de plátano frito, y agua para tomar. Tenían mucha hambre.

La selva amazónica era gigantesca, las hojas de las palmeras daban sombra y la vegetación era muy exuberante. El verde de la naturaleza se mezclaba con la playa. Los jóvenes pagaron un hospedaje y se quedaron a dormir el fin de semana. Planearon el asalto a los piratas: tendrían que atravesar la isla Solitaria y encontrar la cueva donde el tesoro estaba escondido, pero debían de tener mucho cuidado, los piratas estaban armados y eran muy malos.

El capitán se llamaba Barbanegra, había matado muchos hombres a lo largo de su vida. Si los llegaban a atrapar, los matarían. Lo más probable es que los lanzarían a los tiburones blancos en el mar. Barbanegra tenía un garfio en la mano derecha y tomaba ron todos los días. Había perdido el brazo con un cocodrilo. Lo acompañaban veinte hombres dispuestos a dar la vida por el capitán. Tenían mucho dinero guardado, miles de monedas de oro puro, producto de los atracos en altamar. Se enfrentaban a los mercaderes y les robaban sus pertenencias. Nadie podía desafiarlos, vivían tranquilos y felices en esta isla con forma de papagayo real. El tesoro estaba oculto en ese lugar.

Los jóvenes compraron un bote y se fueron, remando a la isla, en busca del cofre para devolvérselo a la reina. Thomas remaba fuertemente, tenía mucha fuerza en sus brazos, y un tatuaje de una sirena con un ancla en uno de éstos. Miguel estaba nervioso, pero no le quedaba otra opción que ser fuerte y mentalizarse de no cometer errores. El plan era el siguiente: llegarían de noche para no ser vistos por nadie y se camuflarían en la selva hasta el amanecer, luego buscarían la cueva. La isla estaba infestada de piratas, tenían que actuar rápido, mientras los piratas aún dormían.

Llegaron a la isla en la noche, como les dijo la bruja, y entraron corriendo sin ser detectados, caminaron media hora hacia el interior y ahí estaba el pueblo de los piratas. Estaban tomando ron y cantando melodías, las mujeres estaban ebrias, el descontrol era absoluto. El pirata Barbanegra dormía en una silla de madera, estaba borracho. Los jóvenes doblegaron el lugar y siguieron caminando, esperando la salida del sol. Había monos en los árboles y culebras venenosas.

De pronto, salió el alba y apareció la cueva ante sus ojos. No lo podían creer, era tal y como dijo la bruja de ojos azules. El tesoro ya estaba cerca, Miguel tenía una corazonada.

Entraron a la cueva y encendieron una antorcha, había una calavera en la entrada llena de escorpiones encima. Había que tener precaución o podían morir envenenados. Al final de la cueva llegaron a un espacio muy grande, estaban todos los tesoros de los piratas en el suelo, miles de monedas de oro por todas partes. Y el cofre con las joyas sobre una roca. Lo tenían por fin de vuelta. Lo cargaron y se lo llevaron al bote antes de que alguien se diera cuenta y se fueron remando de vuelta al continente.

—¡Somos ricos! —decía Thomas.

—No este cofre no es de nosotros. Se lo llevaremos a la reina de Inglaterra para que me perdone la vida. —Thomas se rascaba la cabeza pensando.

—La suerte de alguna gente, me gustaría ser rico también. Parecemos duendes arrancando de la policía.

—Algún día lo seremos. Por el momento tenemos que darnos prisa.

Una vez en la playa de Barranquilla, compraron un pasaje a Europa directo a Inglaterra y se embarcaron de regreso. Todo había salido bien, gracias a Dios. Los ángeles seguramente los habían acompañado.

Iban hablando de su gran victoria, pero lo que no sabían era que detrás de ellos estaba un policía escuchando todo. Entonces, el oficial arrestó a los amigos y se quedó con el trofeo, un cofre de madera repleto de joyas preciosas.

Los muchachos no sabían qué hacer, pero Miguel tenía un alambre guardado con forma de llave y pudieron escapar, se soltaron las esposas y comenzaron a correr por el barco en busca del polizonte, pero ya habían llegado a Inglaterra y el policía había desaparecido. No sabían dónde vivía, por tanto, no podían hacer nada para recuperar el tesoro.

Alicia estaba en su casa y los jóvenes llegaron hacia allá en busca de ayuda, le contaron lo sucedido y fueron donde la bruja otra vez. La bruja tomó su bola de cristal y apareció el rostro del policía: vivía en la calle Wellington 207, en un barrio residencial.

—Tengan cuidado —les dijo—. Ese policía es muy peligroso, es experto en tiros. Tienen que entrar mientras esté trabajando en el día, entren por la puerta de atrás.

Los jóvenes partieron en busca del tesoro. Encontraron la dirección y esperaron que el oficial se fuera a la comisaría. Abrieron la puerta con un fierro y entraron a la casa, adentro estaba la mesa puesta con una tetera y una taza vacía, el suelo tenía un alfombra vieja y era totalmente de madera. Buscaron por todos los lugares, pero no estaba el cofre.

De repente, llegó de improviso el agente de policía y los jóvenes se escondieron en la cocina sin hacer ruido. El agente movió la alfombra y abrió una compuerta, el tesoro estaba guardado ahí. Sacó un diamante y salió nuevamente a la calle.

Los jóvenes tomaron el tesoro y se fueron inmediatamente donde la Reina Isabel a devolverle las joyas perdidas.

La reina estaba feliz, Miguel Río fue perdonado y, como recompensa, la reina le regaló una bolsa con monedas de oro. Miguel quedó muy contento y construyó una tienda con su nombre, vendía perfumes importados. Thomas puso un bar en el centro de Londres, le iba superbién, todos los días tenía clientela. Tenían buena suerte a pesar de todo lo ocurrido. Habían cumplido con devolverle el tesoro a la reina y, sobre todo, habían encontrado una amistad eterna. Alicia se escapaba a veces del reino e iba a ver sus amigos a la ciudad. Conversaban y recordaban el pasado tomando cerveza artesanal.

LA MALDICIÓN
DEL REY DE ESCOCIA

Cuenta la leyenda que hace mucho tiempo, en al año 1860, en el Reino Unido vivía el Rey de Escocia, llamado Spencer Mac-karmo. Su reinado era el mejor del mundo, era muy buen rey, siempre ayudando a toda la gente por igual. Escocia lo amaba y respetaba. Había cerveza en abundancia y mucha comida.

Lo conocían por su corona dorada y por su talento con la espada. Practicaba deporte todos los días, era bueno para el arco y la flecha, comía carne roja cruda para mantenerse en forma. Le gustaba el vino tinto y escuchar a los músicos que tocaban alegremente canciones sobre la independencia. Las gaitas sonaban cuando lo veían pasar, tenía los ojos azules y la barba y el pelo largo, y una armadura de oro por si tenía que enfrentarse a los enemigos en la guerra. No tenía piedad por sus rivales, era un guerrero formidable y valiente.

Tenía cuarenta y siete años y estaba casado con una mujer muy bella. Tenían dos hijos varones de quince y diez años. Todos los días tomaban desayuno a la misma hora, en la mesa. Siempre había huevos revueltos, salchichas, salames, pan, mantequilla, palta, frutas, jugos naturales, leche, té, café, etcétera. Y el almuerzo era a las dos de la tarde. El chef principal preparaba deliciosas brochetas de vacuno, con cebolla, pimentón y tomate. Una jarra de vino y jugo de naranja. Era una familia muy feliz.

El castillo era tremendo, de roca sólida, tenía varias torres y muchas habitaciones. Tenía un mirador de donde se veía gran parte del reinado. El sol ya se estaba ocultando en el horizonte, los colores rojos y naranjos se tomaban el cielo y las nubes, era un día más en Edimburgo.

—Querida, ¿cómo te sientes el día de hoy? ¿Cómo está tu salud? El médico dijo que vendría mañana en la mañana.

—Me siento mejor, ya no me duele tanto el estómago. Espero que se me pase algún día.

La reina estaba enferma, tenía cáncer de colon. Le quedaba poco tiempo de vida, pero nadie sabía de esto porque en esos tiempos no existían las radiografías, pensaban que era un simple retorcijón. Pasaron varios años hasta que, una tarde cualquiera, Ana Duncan, la esposa del rey, murió. La tristeza era tremenda, la fueron a sepultar al cementerio con los demás integrantes de la familia.

—Que descanse en paz —dijo el sacerdote. Y se persignó en el nombre del Padre, del Hijo y el Espíritu Santo.

Lanzaron miles de rosas encima de su ataúd y la despidieron con honores. Los hijos lloraban sin parar, todo el mundo vestía de color negro. El corazón del rey se había quebrado en mil pedazos para siempre. Pensaba en silencio cuándo sería el día en el que se volverían a encontrar.

«Oh, Ana mía, te he perdido para siempre, te amo con locura, ya no sé con quién conversar. Le pido a Dios que te cuide en su regazo, y que los ángeles bendigan nuestra historia, tuvimos una linda historia juntos». Se le caían las lágrimas al rey. Era hora de volver al castillo a dormir y descansar. El funeral había sido muy agotador.

Mientras tanto, al otro lado del bosque encantado, vivían las brujas fastidiosas haciendo brujerías para entretenerse y llenar su corazón con maldad y tragedia. Su casa era pequeña y de madera, y los pobladores les temían, ninguna persona se atrevía a enfrentarlas. Manejaban la magia negra a la perfección.

Estaban preparando un caldo de gato negro para poder ver el futuro: patas de araña, perejil, zanahoria, una mantis religiosa, tres sapos verdes y un ratón vivo eran los ingredientes necesarios para poder predecir las cosas. Se reían como locas de psiquiátrico. Tenían una gran olla para poder vislumbrar el futuro incierto.

—¡Revuelve que revuelve! —la bruja más joven exclamaba en voz alta.

—Revuelve estos ingredientes, quiero ver el futuro. Revuelve este caldo mágico, y dime qué vez.

—Entonces, comenzaron a aparecer imágenes del rey.

—Serás convertido en hombre lobo y nadie podrá ayudarte —la bruja segunda cantaba—. Tienes que perder la corona. La corona será nuestra por fin.

La bruja tercera preparaba un conjuro para embrujar al rey de Escocia.

—Morirás pronto, tu corona ha sido robada. Ya no tienes cómo protegerte.

—¡Ja, ja, ja, ja, ja! —Las brujas no paraban de reír.

Revolvían el caldo y con un tazón de madera lo arrojaban a la tierra, esperando que se cumpliera la profecía maligna contra el rey Mac-karmo.

En el pasado, el rey las había desterrado de Edimburgo y se tuvieron que ir a vivir lejos del pueblo. Ellas querían su venganza y el rey no podría salvarse, sus poderes eras gigantescos. El trono estaba en peligro: el rey se convertiría en hombre lobo para la luna llena y saldría a matar a la calle sin poder evitarlo. Era una trampa maléfica para quitarle la corona.

El rey había quedado embrujado sin saberlo. Al despertar en la mañana se sentía un poco extraño, él creía que era por el entierro de su difunta mujer y no le tomó importancia.

Tuvo un día sin mayores problemas, desayunó con sus hijos y luego almorzaron. En la tarde el rey se sirvió un whisky de primera calidad y se emborrachó hasta no poder más. Lloraba por su Ana Duncan, nunca más la volvería a ver, la extrañaba mucho. Finalmente, se quedó dormido en el sillón de la chimenea y comenzó a soñar que lo perseguía un lobo y le mordía la pierna derecha. El rey no podía escapar, corría por el bosque de pinos, pero el lobo era muy rápido y feroz y lo alcanzaba. El rey se despertó agitado, había sido, al parecer, solamente una pesadilla. Fue al baño y se mojó la cara para despertar. No sabía qué era lo que pasaba.

Pasaron unas semanas y le empezó a crecer pelo en el pecho, más de lo común, pensó «Debe ser la edad», pero al llegar la noche de luna llena en el cielo, perdió la conciencia. No se acordaba de nada de lo que había hecho. Le llegaron las noticias de que habían asesinado a un hombre en la noche, en la calle Royal Mile. No sabían qué había pasado realmente, la policía estaba investigando. Pasó un mes más y volvió a transformarse en el hombre lobo. Su sed de sangre era tremenda, no lo podía evitar. Salió a la calle una vez más, caminaba sin ser visto por nadie. Su fuerza y su velocidad eran extraordinarias, no dejaba huella y, al atacar, no emitía ningún sonido. Atacó a un vendedor de periódicos que iba caminando a esa hora de la noche; el cuerpo apareció despedazado, lo habían mordido ferozmente. «Terror en la ciudad», decían las noticias, «aparece otro muerto para la luna llena». El rey Mac-karmo no se acordaba de lo que había sucedido, tenía unos pequeños recuerdos del ataque, pero, poco a poco, comenzó a recordar: era él mismo quien, convertido en hombre lobo, había salido a matar.

¿Cómo era posible?, se preguntaba. Al bajar la vista se dio cuenta de que había sangre en su ropa. Fue al baño y se lavó rápidamente antes que alguien lo viera. La policía le tocó la puerta, lo fueron a entrevistar; le habían llegado los rumores de que el rey había sido el culpable de este homicidio.

—Buenos días, su majestad, somos detectives, estamos investigando un caso muy importante. Por favor queremos hacerle unas preguntas.

—Sí, por supuesto, ¿en qué puedo ayudarles?

—¿Dónde estuvo el día de luna llena? Me dijeron que usted salía a recorrer la ciudad. ¿Dónde iba tan tarde? Lo vieron caminando por la calle Royal Mile, ¿qué puede decirnos al respecto?

El rey no supo qué contestar, se puso nervioso y dijo que él no había sido, que nunca estuvo ahí el día de la luna llena. Los policías se quedaron mirando, les había parecido sospechosa la respuesta del rey. De repente, llegaron los guardias y le pidieron a la policía que se fueran, que el rey estaba cansado y necesitaba descansar. Se fueron sin decir palabra alguna; ya sabían la verdad, era el rey de Escocia el asesino de aquellas víctimas, pero necesitaban más pruebas para poder meterlo preso.

Volvió a salir la luna llena y otra vez el rey escocés, convertido en hombre lobo, salió a pasear por la ciudad de Edimburgo. Pasaba por los parques mirando su siguiente víctima, tenía los ojos rojos y podía escuchar a kilómetros de distancia. Justo iba pasando un señor en bicicleta y el hombre lobo se le abalanzó sobre su cuerpo, lo mordió y rasguñó con sus garras. Pobre caballero. Otra vez, se había salido de control y había matado sin misericordia.

La policía fue nuevamente a verlo a su castillo, el rey estaba almorzando con sus hijos como de costumbre.

—¿Por qué me interrumpen? —exclamó enojado el rey.

—Es la policía —le dijo un mayordomo—. Quieren hablar con usted, su alteza.

—Hágalos pasar a mi oficina.

—Buenas tardes, su majestad, lo venimos a ver nuevamente, queríamos preguntarle dónde estuvo esta última luna llena.

Era diciembre y estaba lloviendo, el rey les ofreció un poco de whisky, pero la policía lo rechazó inmediatamente.

—Estamos trabajando —le dijeron—. No podemos beber.

El rey contestó

—Estuve en mi casa tomando whisky como de costumbre. ¿Por qué?, ¿qué ha pasado?

—Nos llegó información de que se le vio rondando el Parque de Hollywood. ¿Es eso verdad?

—Ya le dije que estuve en mi castillo todo el tiempo, no me molesten más, soy el rey de Escocia.

La policía se fue sin decir nada, sabían que el culpable era el rey Spencer, pero no podían meterlo preso porque era el rey de la gran Escocia, imposible de arrestar. Tenían que estar preparado para lo peor, no podían detener al hombre lobo, el asesino en serie que cada luna llena se transformaba y salía a matar en la ciudad.

El rey, asustado, pensaba que se podía ir preso, entonces, mandó a llamar a los mejores sabios de Europa para que le aconsejaran. El rey necesitaba ayuda urgente. El primero en llegar fue el gnomo escocés que custodiaba tesoros, tenía un libro de magia blanca para confabular hechizos. Le pidió al rey que le mostrara las manos. El gnomo sabía mucho, tenía muchos años, vivía en el bosque encantado estudiando magia blanca, le encantaba hechizar a la gente mala. Tenía una barbita blanca y un gorrito rojo, y una pipa de madera. Después de dos horas, gel nomo se retiró, le dijo al rey que ya estaba listo, que podía descansar tranquilo, la magia debería hacer efecto prontamente. Pero a la siguiente luna llena volvió a salir y mató cuatro personas en distintas partes de la ciudad. La policía de Escocia no podía arrestarlo, era demasiado importante, y la ley no tenía suficiente peso para encerrarlo.

Pasaron los meses, el hombre lobo atacaba sin piedad, la ciudad estaba conmocionada. Todo el mundo sabía que era la maldición de las brujas de corazón diabólico. El rey no quería ser hombre lobo, la corona corría peligro, sin embargo, nunca iban a poder meterlo a la cárcel. El juicio estaba a su favor, los fiscales y los jueces no se atrevían a desafiar al Rey Mac-karmo, era muy poderoso. El Rey pidió que buscaran alguien más, que sorprendiera con una solución.

Mandaron a llamar a un Gurú africano que tenía un bastón mágico, era el más inteligente del planeta. Había llegado de África con la sabiduría ancestral de su familia, de la tribu más antigua de Zimbawe. El gurú, al observar al rey, se percató de que estaba preocupado, lo miró a los ojos y entendió lo que padecía.

—Las brujas del mal te han embrujado para siempre, el hechizo maligno no puede contrarrestarse, pero existe una solución al problema: cada vez que salgas a matar como hombre lobo, deberás hacerlo en silencio; o sea en secreto, para que la policía no te pueda apresar y no pierdas el reino. Tu mejor tesoro es tu corona, símbolo de poder y riqueza, y las brujas la quieren para ellas. Vas a tener que asesinar en secreto, y solo así podrás vivir tranquilamente.

El rey hizo caso y con cada luna llena que pasaba, salía a matar como un fantasma invisible al radar. La policía nunca pudo atraparlo y el rey murió viejo en su castillo de piedra. No pudieron enjuiciarlo jamás.

Esta historia se contó por generaciones hasta el día de hoy. El Rey Mac-karmo nunca pudo dejar de pensar en Ana Duncan, su mujer fallecida. Le imploraba a Dios todos los días para que se volviesen a encontrar, y así fue cómo Mac-karmo, el rey de Escocia, encontró paz en su alma.

EL RETORNO DEL CHAMÁN INDIO SIOUX

Mi nombre es Ojo de águila, soy el chamán de la tribu sioux, hago rituales para sanar el alma herida. Todo ser humano está enfermo, y la medicina chamánica siempre ha existido. Soy el chamán visionario más poderoso del mundo, puedo ver el futuro y saber qué va a pasar; tengo visiones que nunca mienten, mi tercer ojo está abierto, mi glándula pineal funciona distintamente al resto de la gente, puedo predecir las cosas tan solo con verlas en mi mente. Vivo en una casa pequeña, en la reserva de los indios dakota, llamada Standing Rock, en Estados Unidos.

Entre montañas rocosas y bosques frondosos viven los indios norteamericanos, cazando bisontes para comer, pero solamente matan a los machos, para no dejar a las crías sin sus madres. Respetan la naturaleza con todo su corazón y algunos tienen poderes mágicos como yo, «el Chamán Visionario». Nos dejaron este pedacito de tierra y nos dijeron que nunca más seríamos molestados por el gobierno estadounidense. Pero no han respetado el tratado de independencia de 1868, del fuerte Laramie. Hemos vivido por siempre en esta tierra, hasta que llegaron los europeos y atacaron nuestras tribus por todo el continente americano. Algunos escapamos y no nos pasó nada, a otros los despellejaron vivos, y se violaron a las mujeres. La reserva sioux es lo más importante del planeta, es aquí donde descansa la historia de los indios americanos. Viven miles de indios en todo el territorio: dakotas, lakotas, nakotas, cheyenne, cherokee, navajo, hopi, comanche, etcétera.

El cementerio corre grave peligro, ahí viven las almas de nuestros antepasados. Quieren construir un oleoducto petrolero para cruzar el petróleo hacia Europa, es una inversión gigantesca, miles de millones de dólares invertidos, y no pudieron seguir construyendo porque la gente empezó a protestar. El pueblo dakota se juntaba a manifestarse. El oleoducto contaminaría el cementerio si es que pasaba directo por ahí. El Dakota Access ha quedado en paro: los trabajadores no pueden seguir trabajando, dejaron de construir el oleoducto porque los indios de Estados Unidos se reunieron en masa y fueron a marchar pacíficamente. Miles de pancartas en la calle: «Standing Rock libre, no al Dakota Access».

La gente caminaba con sus carteles, buscando y pidiendo justicia al estado porque no quieren respetar el tratado de independencia, quieren pasar por el cementerio sioux, ensuciando todo con petróleo. Nuestros antepasados estarían muy tristes si esto pasara. Los indios creemos en la reencarnación y en los fantasmas. Necesitamos ayuda de nuestros ancestros para poder ganar limpiamente este conflicto; por el momento, la obra está parada. Pero el magnate Harold Hamm quiere atravesar a toda costa, es amigo íntimo de Donald Trump y no le importan los indios sioux, solamente quieren más dinero antes de morir. La gente de la reserva caminaba con sus trajes de colores y plumas en la cabeza, tocando el tambor de cuero de búfalo y la flauta de madera de nogal.

Era un día cualquiera en el reserva sioux y los indios conversaban sobre el oleoducto, no querían dejarlo pasar, estaban en guerra, el gremio de chamanes no sabía qué hacer. La profecía decía que un escritor vendría y cambiaría el mundo. Lo estamos esperando, la leyenda nunca miente.

Por el momento deberemos resistir hasta el final. Chamán dakota sabe leer el futuro y predecir el mañana, el oleoducto será cerrado para siempre y no podrán pasar aunque quieran.

El problema fue que me metieron preso en la cárcel de Dakota del sur por defender a un joven con una gorra de mapache. Le estaban pegando por protestar pacíficamente en la calle, le pegué al policía y el oficial se murió finalmente. Me arrestaron y me enjuiciaron por asesinato. Ya no puedo salir nunca más, estoy preso en una cárcel de alta seguridad, es una lástima. La comida es mala y ocurren muchas peleas. Nadie se mete conmigo, saben que soy el jefe de los sioux, me protegen los indios internos. La policía es mala conmigo; si no te portas bien, te pegan, y si vuelves a faltar alguna norma, te encierran en un calabozo oscuro un mes entero. Lo llaman el hoyo de la perdición. Pero tengo un plan para escaparme: le pegaré a un policía a propósito; entonces, me golpearán y me encerrarán en el hoyo oscuro un mes.

Llevaré en el bolsillo una pipa de madera y un encendedor, mezclaré unas hierbas naturales que me enviaron clandestinamente de regalo las visitas y me prepararé un pipazo para poder desdoblarme y salirme del cuerpo. Viajaré por el pasillo y me meteré en la cabeza del guardia principal. Haré que se vuelva loco y después, haré que mate a su compañero. Abriré todas las puertas, volveré a mi cuerpo y escaparé por el pasillo. Mataré al guardia quebrándole el cuello, me pondré su ropa y saldré vestido de policía por la puerta de entrada.

No podrán encontrarme nunca más, me esconderé en una cabaña en Black Hills, donde tengo dinero guardado, y cruzaré a México, y me quedaré allá para siempre. Tendré que robarme un auto, ojalá tenga las llaves puestas, espero tener buena suerte. Mi corazón va a explotar, tengo que poder escaparme. No paraba de reflexionar: «Quiero ser libre de nuevo. Le pido fuerza a mis antepasados para lograr esta gran hazaña».

Por fin, Ojo de águila pudo escapar de la cárcel y volver a su hogar. Fue a buscar dinero y provisiones para irse a Acapulco. Se disfrazó con un bigote postizo de color negro y cruzó la frontera con un pasaporte falso. En México se puso un bar donde le iba superbién.

El Dakota Access fue clausurado para siempre y todo gracias a las protestas y los abogados de los indios. Este caso se hizo muy famoso en las noticias y prohibieron el oleoducto petrolero.

El gremio de chamanes vive feliz pensando en su gran victoria. Ojo de águila está bien, y el cementerio también. El chamanismo ha vuelto al planeta Tierra para quedarse eternamente y deslumbrar a la humanidad con sus visiones telepáticas.

Muchas gracias por escuchar este cuento mágico.

LA PACIENCIA
DE SAN PEDRO

Soy un ángel palestino, me llamo San Pedro. Antes era un pescador, trabajaba sacando peces del mar para venderlos en el mercado, todos los días salía a pescar en mi bote de madera. Nunca he dejado de trabajar, incluso en el cielo soy muy responsable, llevo muchos años trabajando sin detenerme, no tengo tiempo para nada más que para recibir fantasmas en el paraíso. Soy el recepcionista, administro la entrada, veo quién puede entrar y quién se queda afuera, tengo una lista con todos los nombres y apellidos que existen en el mundo. Mi misión es ir recibiendo a todas las almas que vienen llegando a descansar y darles un espacio en el firmamento. No puedo dejar entrar a la gente que se ha portado mal, está prohibido el ingreso para ellos.

Cada vez que alguien muere se abre un portal mágico y aparece una escalera de color blanca, al final se encuentra mi escritorio de mármol con un reloj de oro encima; los espíritus hacen fila para esperar su turno, llegan miles de muertos al día, no se puede dejar de laborar. Debo tener mucha paciencia, Dios me encomendó esta tarea muy difícil; a cambio de mi libertad, manejo las llaves del cielo. Pero estoy muy cansado, no sé si podré lograrlo. Le voy a pedir a Dios que me aconseje a ver qué me dice. Jehová, como le dicen los evangélicos, tiene el pelo y la barba blanca, y viste una túnica con un pañuelo violeta. Le tengo mucho miedo cuando viene a visitarme. Es inmenso como un edificio gigante. Me dijo:

—Pedro, es hora de que aprendas el valor de ser paciente. Tienes que atender a todas las personas que vienen llegando, serás recompensado, palabra del creador. Alguien debe hacer este trabajo tan agotador y tú eres mi mejor trabajador, siempre atento y amable, quiero que te quedes con el puesto, no hay nadie mejor que tú para esto. Tu nombre es muy famoso en la Tierra, no te rindas.

»Quiero contarte un secreto, la mejor forma para cultivar la paciencia es aprendiendo, no gastes tu tiempo en vano. Puedes ver lo que otros no ven, estás bendecido eternamente. Eres un hombre como cualquiera, pero yo te escogí por tus capacidades y talentos. Eres mi mejor carta de presentación, no me abandones, por favor, te lo suplico.

San Pedro le respondió:

—Padre celestial, tú que todo lo ves, dime algo que debo hacer para no aburrirme. Llevo mucho tiempo aquí encerrado en mi labor, necesito un poco de diversión, quiero encontrar una respuesta, pero no la encuentro.

—Te enviaré un emisario que no podrás rechazar, él te ayudará con lo que me pides. El escritor chileno Miguel Carmona viene llegando y trae un regalo para tu escritorio mágico. Una esfera de cristal indestructible con un duende irlandés adentro. No puede salir nunca más, es para la buena suerte. La puedes agitar para que el duende empiece a bailar y refunfuñar, es muy gracioso. Ya verás que tu cansancio desaparecerá con este obsequio, te acompañará por toda la eternidad.

—Muchas gracias, padre mío, por este consejo tan grande. A veces, solamente necesitamos un simple regalo para alegrar el día y seguir trabajando. Estoy completamente agradecido con tu voluntad, ya puedo entretenerme sacudiendo al duende verde.

El duende me dice cosas como: «No lo hagas más», «Me duele la cabeza», «Eres muy malo conmigo», «Déjame escapar, quiero ser libre una vez más»... A mí me da risa, pobre, nunca más podrá salir a jugar a la calle, lo dejaron encerrado por siempre.

Gracias al escritor Carmona, mi corazón vuelve a ser feliz y ya tengo ganas de continuar recibiendo a todas las almas del planeta. Aprendí la mejor lección de mi existencia: la paciencia es sabiduría.

UN CUARTO SENCILLO

Mi nombre es Luis Hernán Carmona, nací el 17 de marzo de 1985, vivo en Providencia, en Santiago de Chile, en el departamento 23, junto a mis padres y mi hijo. Mi hermana Consuelo vive en Estados Unidos, es paracaidista profesional, le gusta el peligro.

Mi padre es cirujano dentista de la Universidad de Chile, tiene una clínica dental cerca de la casa, le queda a dos cuadras, se va caminando; ya se va a jubilar. Mi madre es ingeniera comercial de la Universidad de Arica, salió en primer lugar en el promedio por mucho tiempo. El departamento es de ella, es muy grande, tiene un patio con forma de L. Mi pieza da para el oriente, al frente tengo un edificio de ladrillo, mi ventana nunca miente. Aquí escribo mis cuentos y poemas para presentarlos y publicarlos en Internet, tengo un escritorio de madera para escribir y muchos cuadros colgados en la pared.

Mi hermana Consuelo se tituló de Arte en la Universidad Finis Terra. Ya no pinta mucho, pero creo que en el futuro volverá a pintar, le quedan hermosas las pinturas. Yo trabajo de taxista, tengo un Kia Cerato automático, se llama Tiburón martillo. Voy todos los días a buscar a mi tía Nora, la hermana de mi mamá, vamos a buscar a Luciano Aristegui. Tiene ocho años, es el hijo de mi primo Meme, quien es psicólogo. Lo llevamos del colegio a la casa, es muy simpático, sabe mucho de animales y le gusta Mario Bros.

Mi corazón de escritor no deja de escribir, quiero quedarme con el mejor recuerdo del mundo: un libro de cuentos. Escribo todos los días, pero no me resultan como quiero que queden, no puedo terminarlos con cabalidad. Me metí a talleres de literatura y puse mucha atención a lo que decían los profesores, pero todavía no puedo terminar mi libro de cuentos populares. Tengo un problema lingüístico y muy mala memoria; me hicieron tres veces electroshock en el hospital psiquiátrico, por lo que no puedo recordar bien. Es lo peor que existe en el universo. Algunos pacientes quedan en la calle, sin dientes, ya no puedes estudiar ni tampoco trabajar. La memoria es lo más sagrado que tiene una persona. Muchos pacientes sufren por este tratamiento, que no sirve para nada bueno. Nadie puede demandar porque pagar un abogado es muy caro y la gente queda indefensa ante este abuso; en fin, soy muy feliz escribiendo cuentos y poemas, aunque no me queden perfectos.

Ya se hizo tarde, voy a descansar, seguiré escribiendo mañana por la mañana. Estoy muy cansado, tengo que dormir, he trabajado todo el día.

Voy a enrollar un cigarro de marihuana y me pondré a escuchar música del YouTube, me gusta el hip hop, el funk, el rock pesado, el reggae, la electrónica y la música clásica. Tengo un blog donde voy dejando mis relatos, se puede leer gratis. Mi dominio es corazóndemartillo.blogspot.com. Tengo muchos cuentos internacionales; cuentos de Japón, Brasil, Estados Unidos, Chile, Francia, Irlanda, Escocia, etcétera. Algún día me gustaría ser escritor famoso, pero estoy muy lejos de poder lograrlo, me falta mucho talento.

Es día lunes otra vez y tengo que presentarme en Redgesam a mi terapia ocupacional, a conversar con mi terapeuta Carolina Vergara. Me pregunta a qué me dedico, en qué trabajo y cómo estoy de salud, yo le digo que estoy bien y ella anota lo que digo en mi ficha clínica. El psiquiatra es el Dr. Bustos, tengo que hablar con él cada tres meses por teleconsulta. Me pregunta cómo me ha ido y me envía la receta de mi olanzapina vía e-mail, me tomo dos al día; me diagnosticaron esquizofrenia crónica, estoy en tratamiento con el Plan Auge. Llevo muchos años tomando medicamentos para mi enfermedad mental, ojalá se me pase alguna vez. Le rezo a Dios todas las noches, yo sé que Él me escucha, le pido por mi futuro y si me puede devolver la memoria, para mí sería un milagro. Asisto a la iglesia evangélica de mi primo Ljubomir Ostoja, voy hace poco tiempo, me siento muy a gusto ahí, creo profundamente que Jesucristo se encuentra entre sus paredes blancas. Es una iglesia pequeña pero muy bonita. Es hora de volver a mi casa y comenzar a escribir otra vez, a ver si alcanzo a terminar de redactar mi libro mágico.

Estoy sentado en mi sillón café, pensando qué puedo contar, pero no se me ocurre nada. Me voy a preparar un té para la inspiración, me gusta con endulzante. La cocina de mi hogar es muy grande, tenemos dos refrigeradores, una mesa con sillas, microondas, hervidor de agua y un horno a gas. Mi padre compra mucha comida, siempre hay queso mantecoso, carne para el almuerzo, con arroz o puré. Me voy a preparar un sándwich de lechuga, tomate, cebolla, hamburguesa, mayonesa y kétchup, y me lo voy a comer en la pieza en el computador, para luego empezar a inventar más historias. Encenderé un cigarro como de costumbre, a ver si me sale algo interesante. Mi seudónimo de escritor es Michael River, así me dice mi hermana Consuelo, dice que soy una especie de gurú.

Fue la noche del 8 de agosto del 2016, que mi vida cambió para siempre, estaba fumando y pensando qué podría escribir para mostrarle al público que me lee, cuando por la ventana aparece una luz blanca que se mete rápidamente a mi habitación. No lo podía creer, ¡era el fantasma de Pablo Neruda, el mejor poeta que existe! Me dijo:

—Carmona, he venido a ayudarte, a completar tu leyenda, vamos a redactar el mejor poemario de todos. Le tendrás que poner ilustraciones en blanco y negro al terminarlo.

Y así fue cómo comencé a escribir los mejores versos que mi alma podría entregar. Estuve tres noches enteras escribiendo sin detenerme, en el silencio de mi habitación, sin emitir ningún sonido hasta que Neruda se marchó. El poemario, que se trataba de mi propia pieza, se hizo muy famoso al publicarlo en Internet, miles de personas comenzaron a descargarlo, de todas las partes del mundo. Hice más de veinte mil visitas sin poner un dólar. Google me envió un correo electrónico donde decía que yo era un poeta famoso, y me hicieron una reseña en la página principal. Pueden buscarme por mi nombre y apellido. Mi madre no lo podía creer, había vencido ante toda adversidad, estaba muy contenta de mi dulce victoria. Este libro de poesía chilena me abrió las puertas que tenía cerradas con llave. Las mujeres empezaron a llamarme por celular, querían salir conmigo, debe ser porque le encantan los escritores famosos, y más aún, un escritor de fama mundial. El poemario dio la vuelta al mundo y mi apellido Carmona se hizo conocido internacionalmente.

Ya puedo viajar en avión y quedarme en un hotel cinco estrellas, tengo dinero suficiente para irme de vacaciones un año entero. Quiero irme de viaje a Europa, Inglaterra con mi amigo Nicolás Hernández a aprender inglés.

Lo pasaremos de maravilla en el Reino Unido, haremos fiestas y estudiaremos por la mañana.

En Santiago arrendé un departamento y me independicé, ya tengo plata para vivir sólo.

Escribiendo en mi despacho nuevo, en el Metro el Golf, se me ocurrió la brillante idea de contratar un abogado para demandar al ministerio de Salud del gobierno chileno por hacerle electroshock a la gente en la cabeza contra su voluntad. El abogado me dijo lo siguiente:

—Es necesario que los pacientes se presenten con su certificado donde diga exactamente que le hicieron electroshock, deben pedirlo en cada hospital y no se puede negar. Con estos papeles podemos demandar con un recurso de protección por negligencia médica y suspender el tratamiento TEC. Además, pediremos una indemnización millonaria para pagar los platos rotos, los electroshock afectan la memoria del cerebro humano.

Finalmente, la corte suprema dictaminó después de un juicio muy largo, que duró casi quince años, que los electroshocks eran malignos para la memoria del cerebro. Miles de pacientes se juntaron a reclamar al mismo tiempo. Chilevisión Noticias hizo un reportaje; la gente no lo podía creer en sus casas cuánta maldad y abuso de poder, los pacientes presentaban problemas para recordar y todos tenían problemas económicos.

El juez ordenó la clausura inmediata de esta máquina infernal y dejó en claro que el psiquiatra que lo volviera a recomendar se iría preso. La terapia electroconvulsiva fue declarada delito penal, le pusieron de nombre Ley Carmona. Los pacientes aplaudían y lloraban de felicidad, por fin la justicia los había escuchado, pero lamentablemente los daños a la memoria eran irreparables y los pacientes nunca se pudieron recuperar totalmente.

Yo le doy gracias a Dios todos los días por devolverme la memoria perdida.

LA LEYENDA DE
LA RUBIA DE KENNEDY

Trabajo en la noche, en Santiago de Chile, como taxista. He visto de todo: drogas, muertes, robos, etc. Siempre manejo mi auto mirando si algún pasajero necesita subirse. Llevo años trabajando sin parar, mi corazón chileno ya se quiere jubilar, pero no puedo. Tengo sesenta y cinco años y me llamo Nicolás Hernández. Tengo que juntar plata para llevar a mi familia de vacaciones, pagar los colegios y quedarme con un poco para tomarme unas cervezas en la shopería.

Cada vez que salgo de paseo en busca de pasajeros, manejo por avenida Kennedy para llegar al Parque Arauco, ahí es donde tengo mayor número de clientes. Son las 9 de la noche y es fin de semana, tengo que llegar rápido para aprovechar la clientela. Voy a dejar a una señora a Providencia, nos vamos por la Kennedy hasta los Conquistadores. Me pagaron 10 lucas, salió bueno el trayecto. Volveré de regreso, a ver si consigo otra carrera. Está medio nublado, dijeron que iba a llover en la radio, voy a encender las luces y los limpiaparabrisas.

Tengo la mala idea de fumarme un cigarro, no puedo dejar de fumar, estoy en graves problemas, pero no importa. Saqué mi encendedor y encendí las brasas de mi cigarrillo. Voy pasando por la autopista cuando veo el fantasma de una mujer rubia con un vestido blanco al costado de la carretera, haciendo dedo. No lo podía creer, entonces me detuve y la mujer ya no estaba, había desaparecido. Hasta el día de hoy, los colegas no me creen, pero esta historia se hizo famosa y la leyenda de la rubia de Kennedy se contó por siempre.

LOS FANTASMAS DEL BOSQUE ENCANTADO

Soy un espiritista chileno, mi nombre es Miguel Carmona. Estoy en una cabaña en el bosque haciendo espiritismo con una caja ouija que me compré por internet. Quiero saber qué va a pasar en el futuro, les voy a preguntar a los fantasmas que viven en el cementerio. Invocaré al fantasma de Nostradamus para ver si realmente existen los fantasmas, nunca he visto uno.

Voy a encender una vela de color amarilla para conectar con los espíritus del otro mundo, espero que no me pase nada malo. Tengo ganas de ver algo asombroso, espero que salga todo bien. Mi corazón no para de latir fuertemente cuando escucho los sonidos de los muertos caminando por la casa, se escuchan las cadenas y grilletes tocando el suelo. No sé quién me está mirando, pero hay alguien ahí, ojalá no sea un espíritu maligno.

—¿Quién es? —dijo Miguel. Y las velas se apagaron por completo.

Aparentemente lo estaban penando, se le puso la piel de gallina y no aguantó más el miedo y abrió los ojos. No había nadie a su alrededor, entonces Miguel pensó que todo lo que había hecho era una tontería, los fantasmas no deben existir, y se fue de regreso para su dulce hogar.

Estaba en un bosque de pinos verdes, lejos de la ciudad, por lo que se fue caminando lentamente pensando en llegar a descansar. La noche era cálida y las estrellas brillaban en el cielo, pero algo le decía que no todo estaba bien, algo lo venía siguiendo. Miguel sentía una presencia oscura. Comenzó a correr por el bosque, estaba muy oscuro, no se veía nada, hasta que llegó a la autopista y empezó a hacer dedo; sin embargo, nadie lo llevaba. Los camiones pasaban velozmente. Fum fum fum. Miguel estaba desesperado. De repente, una chica paró el auto, le preguntó qué le pasaba y lo llevó de vuelta a su domicilio.

Miguel le contó lo que había pasado. La mujer, que iba manejando, no le creyó nada de lo que le contaba y lo dejó en una bencinera. Miguel, al bajarse, se dio la vuelta y el automóvil había desaparecido. Nunca más la volvió a ver. Aquella experiencia fue aterradora.

Desde ese día, Miguel cree que la señora que lo llevó era un espíritu errante. Ya no sabe si está loco de la cabeza o realmente existen los fantasmas del más allá, pero no volvió a tocar nunca más la caja de ouija.

EL COMANDO
BOINA NEGRA

Érase una vez una niña llamada Ana, hija de unos padres multimillonarios que vivían en una gran casa en ciudad Gótica. Un día, Ana fue secuestrada y llevada lejos, a un lugar desconocido. Querían diez millones de dólares por su rescate.

La noticia del secuestro de Ana se propagó rápidamente y la policía de inmediato inició una misión para rescatarla. Sabían que el tiempo era crucial, así que comenzaron a trabajar arduamente para localizar a la pequeña antes de que cualquier daño le fuera causado.

Mientras tanto, los padres de Ana, desesperados y angustiados, estaban dispuestos a hacer cualquier cosa para asegurar el regreso de su amada hija. Reunieron una gran suma de dinero para pagar el rescate, pero también sabían que era necesario contar con la ayuda de un experto, un comando especial, para garantizar una operación segura y tener éxito en su cometido.

El comando planificó cuidadosamente el rescate. Armado con una metralleta con mira láser y otras armas, se dirigió a la ubicación proporcionada por los secuestradores. El lugar era peligroso y había un alto nivel de amenaza, pero el comando estaba decidido a enfrentar cualquier tipo de peligro para traer de vuelta a la niña.

Finalmente, llegó el momento crucial. El comando irrumpió en el lugar y rescató a Ana sin ser detectado. La emoción y la alegría se apoderaron de los padres al ver a su pequeña a salvo, No lo podían creer, ¡la tenían con ellos! A partir de ese momento nunca más se separaron y vivieron una vida llena de amor y felicidad.

CABEZA DE CHANCHO

Mi nombre es Andrea Campos, vivo en el hospital psiquiátrico, no puedo salir a ninguna parte, estoy encerrada hasta no sé cuándo. Quiero irme a mi casa, pero no me dejan salir. Todo comienza en el colegio, en la enseñanza media. Mis mejores recuerdos los tengo en ese lugar.

Era la hora del recreo y yo estaba a punto de llegar otra vez atrasada, la profesora me dijo:

—¿Por qué llegas siempre tarde, Andrea? ¿Se te perdió algo? Anda a sentarte a tu puesto de trabajo, vamos a empezar con las clases de Matemáticas. Saquen el Baldor, por favor.

Lo que no sabían mis compañeros de curso es que era bulímica, vomitaba la comida para verme más flaca en el espejo. Quería ser la más regia de la graduación de cuarto medio, era ya casi fin de año y nos íbamos a graduar.

Yo quería estudiar psicología en la universidad católica, pero tuve un gran problema: mis compañeras me tomaron un vídeo en el baño vomitando después del almuerzo. Pobre de mí, me dijeron:

—¡Eres una cabeza de chancho! Maldita perra bulímica, cagaste para siempre. Esto lo vamos a publicar en las redes sociales.

Y así fue cómo me pusieron «Cabeza de chancho». Me hacían *bullying* todos los días, ya no podía más, le conté a mi mamá y me dijo que eran puras tonteras, que tenía que seguir en el colegio, que no me preocupara, que se iba a pasar. Pero me siguieron molestando y molestando hasta que ya no aguanté más y pensé hasta en suicidarme.

Mi colegio se llamaba el San Bartolomé, es una escuela privada que queda en la comuna de Vitacura, en Santiago Oriente. Ya era el último día de clases y entonces, se me ocurrió la gran idea de dar el gas licuado de la estufa que había para pasar el invierno, y le dije a la profesora que tenía que ir al baño. Al salir, cerré la puerta con llave. El gas hizo su trabajo, murieron todos. Le pusieron «la Masacre del barrio alto». Me volví loca de remate, ahora no puedo salir de este lugar tenebroso, el sanatorio mental es lo peor del mundo. Ya viene la enfermera a darme mis pastillas, no puedo vomitar nunca más. Cómo me gustaría retroceder en el tiempo y poder cambiar mi destino.

LA BOTELLA
DE RASPUTÍN

Había una vez un brujo ruso muy poderoso llamado Rasputín. La gente temía sus poderes mágicos y su reputación siniestra. Un día decidió crear una botella mágica que contuviera todas las almas en pena que encontrara en su camino.

Rasputín recogió almas de todo tipo: almas de criminales, almas de personas malvadas, almas perdidas y almas de algunos doctores. Una vez que llenó la botella, la selló para que nadie pudiera abrirla.

Las almas en pena quedaron encerradas en la botella de vidrio eternamente, atrapadas por la magia del mago ruso. Rasputín estaba muy contento con su creación, pero no se detuvo ahí, siguió almacenando más fantasmas de seres humanos.

La botella de Rasputín se convirtió en un cuento aterrador y muchas leyendas se cuentan sobre ella. Nunca han podido encontrarla. Nadie sabe dónde permanece escondida, es un profundo misterio.

LA LEYENDA ETERNA DE JIMI HENDRIX

Cuenta la leyenda que Jimi Hendrix, el famoso guitarrista de los Estados Unidos, hizo un pacto con el diablo para convertirse en uno de los mejores guitarristas de la historia. Se decía que en el cruce de Dos caminos, al sur de los Estados Unidos, Hendrix se encontró con un extraño hombre que le ofreció un trato: le daría la habilidad de tocar la guitarra como ningún otro, pero a cambio, tendría que vender su alma.

Hendrix quería ser el mejor, entonces aceptó el trato y, según cuenta la leyenda, el diablo le concedió seis dedos en su mano izquierda, lo que le permitió tocar la guitarra con una habilidad única. A partir de ese momento, Hendrix se convirtió en una leyenda de la música, con su estilo único y su habilidad en la guitarra que cautivó a los seguidores en todo el mundo.

Sin embargo, a pesar de su éxito, Jimi siempre sintió un peso en su carrera sabiendo que había hecho un trato con el diablo. Se dice que, en sus últimas horas, Hendrix estaba obsesionado con la idea de que estaba condenado a vivir en el infierno por haber vendido su alma por el éxito.

Aunque la leyenda del pacto de Jimi Hendrix con el diablo puede ser solo un cuento ficticio, su música y su legado continúan inspirando a generaciones de músicos y fans.

EL RECUERDO
DEL CAMIONERO

Hace algunos años, cuando trabajaba como camionero de larga distancia, recuerdo un viaje en particular que se mantuvo en mi memoria debido a una serie de eventos extraños que ocurrieron en el transcurso de mi conducción.

Era una tarde gris y lluviosa cuando partí del terminal, dispuesto a enfrentar una autopista larga y solitaria. Mientras me adentraba en el camino, la lluvia comenzó a caer fuertemente, volviendo la visibilidad escasa y dificultando el viaje. A medida que avanzaba, la lluvia se convirtió en una tormenta eléctrica iluminando el cielo y haciéndome sentir vulnerable en medio de la oscuridad.

Pasaron varias horas y estaba cansado. Sin embargo, sabía que tenía que seguir adelante para cumplir con mi horario. Fue en ese momento cuando algo inesperado pasó. En el borde de la carretera, vi una pequeña figura saltando de un lado a otro.

Mi curiosidad me impulsó a detener la velocidad para acercarme y ver qué era realmente aquella extraña criatura. A medida que mi camión se acercaba, pude distinguir la figura de un duende irlandés con su vestimenta y sombrero verde.

Sorprendido por lo que veía, me quedé observando mientras el duende continuaba saltando y riendo, sin preocuparse por la tormenta que había a su alrededor. Parecía haber algo mágico en su presencia, algo que desafiaba todas las explicaciones lógicas.

Desde aquel encuentro, siempre llevé conmigo aquel recuerdo lleno de magia y aquel viaje se convirtió en una experiencia única en mi carrera como conductor. Aunque muchas personas considerarían mi historia como el resultado del cansancio o la imaginación, yo sé que vi algo especial aquella vez en el camino, algo que solo yo puedo contar.